隐秘国度

王 雷 著

浙江工商大学出版社
ZHEJIANG GONGSHANG UNIVERSITY PRESS

·杭州·

图书在版编目（CIP）数据

隐秘国度 / 王雷著. —— 杭州：浙江工商大学出版社，2022.2

ISBN 978-7-5178-4591-1

Ⅰ.①隐… Ⅱ.①王… Ⅲ.①长篇小说—中国—当代
Ⅳ.①I247.5

中国版本图书馆CIP数据核字（2021）第142680号

隐秘国度
YINMI GUODU

王　雷著

责任编辑	张莉娅	
责任校对	穆静雯	
封面设计	吴承远	
插画设计	吴承远	
责任印制	包建辉	

出版发行 浙江工商大学出版社

（杭州市教工路198号　邮政编码310012）

（E-mail:zjgsupress@163.com）

（网址:http://www.zjgsupress.com）

电话:0571-88904980,88831806（传真）

排　　版	杭州红羽文化创意有限公司	
印　　刷	杭州高腾印务有限公司	
开　　本	880 mm × 1230 mm　1/32	
印　　张	5	
字　　数	121千	
版 印 次	2022年2月第1版　2022年2月第1次印刷	
书　　号	ISBN 978-7-5178-4591-1	
定　　价	60.00元	

写在前面的话——

小说开始于夏天，结束于夏天。

希望你们能翻开此书时，可以进入一个隐秘的世界。

目录

一　风吹竹沙　　1

我们的家,住在天堂　\2
一颗善良的心　\4
人生八苦　\6
从梦中醒来　\10

二　天空中闪烁的光　　13

展翅高飞　\14
所谓企业文化　\16
女人的青春　\18
油盐酱醋茶水电气更贵　\20
一个现实的人　\22
临渊羡鱼不如退而结网　\26
第一桶金　\28
说不清道不明的那点事　\30
不再是看客　\34
医院旁边的房子　\36
众生平等　\38
冷得像刀　\39
小老虎与黄油　\41
成长的种子　\44
精于一道　\45
奇幻旅程　\47
风物长宜放眼量　\49
由衷的开心　\51
命运的齿轮　\53
辩　经　\55
磕长头匍匐在山路　\57

忠厚传家久,诗书继世长 \59

精明是个中性词 \61

感情与利益 \63

锦衣夜行 \65

一件有意义的事 \66

星空月寂　　　　　　　　69

圆满的结束 \70

比野兽更坏的人 \72

牵系我心的 \73

骑电瓶车上班的医生 \74

再打扰你一下 \77

一场梦 \79

遥遥微光,与你同行 \82

四　夏日之梦　　　　　　85

长大是孤独的 \87

唯有美食与爱不可辜负 \89

众生皆畏死 \91

我到了一百岁还可爱 \93

爱　慕 \95

少年的肩与女孩的眼 \97

爱情的逻辑 \100

好好谈一场恋爱吧 \103

暗恋这件小事 \105

失恋阵线联盟 \107

爱情与婚姻 \109

五 贩卖人间黄昏 111

最浪漫的事 \112
纯真的心 \114
暗淡蓝点 \115
向年轻人致敬 \117
简简单单吃点饭 \119
功利是把双刃剑 \121
不要靠近免费的东西 \122
要管日月如飞 \124
行善而被诋毁 \125
人生两面 \128
望君奋勇向前 \130
人生没有如果 \132
善恶的彼岸 \134
到了那一天 \136
一场伟大的冒险 \139

六 叶隙间散落的光 143

弓与箭 \144
永恒之塔 \146
钢琴师与拳击手 \148
敢于做梦 \150
再见啦 \152

一

风吹竹沙

我们的家，住在天堂

"我们的家，住在天堂，碧绿的湖水，荡漾着美丽的梦想……"

在开往千岛湖的路上。

K："这首歌不错，怎么在车上放起了杭州市的市歌？L好像很喜欢这首歌。"

"哈哈……他能不喜欢吗？这小子在杭州赚了这么多钱，他能不喜欢吗！"佳奈说道，"我上次听你说，他最近怎么老是跟那个谁凑在一起？"

K："是Z呢，×××的儿子。看大家都在开互联网公司，以为这个来钱快，眼红了呗。他想让L带下他。"

佳奈听后，一边双手扶着方向盘，一边大笑。随后说道："对了，Y怎么说，他直接从嘉兴开车过去吗？要不这样，你让他直接坐高铁到千岛湖站，我们去那边接他。杭州马上就要入夏了，我们再不去，以后天气就变热了。"

K："我来问下，他估计要把他儿子带上。"

K接着说道："Y最近倒霉喽，他有好几批货被××国海关扣住了，对方说这些衣服的面料有问题，要他提供相关材料证明这些面料的出处。"

在佳奈的车上，有一本印度诗人泰戈尔的《飞鸟集》，K随手翻了几页。车窗外，阳光明媚，晴空万里。

夏天的飞鸟，来到我的窗前，歌唱，又飞走了。
秋天的黄叶，它们没有什么曲子可唱，一声叹息，飘落在地上。——《飞鸟集》

一颗善良的心

L是杭州一家移动互联网公司的创始人，在他的顶峰时期，公司里有两百多个员工。

L说平时公司里有员工生病了，或者他们家里的孩子生病了，需要临时回去照顾孩子的，特别是女性员工，每当他在手机上看到她们发起的请假申请，自己都是看都懒得看，直接点"同意"。

他的意思是："做企业的，心要善良，心不善的人是走不长远的，也不会交到什么朋友。"

用Y的话说，我们的女性同胞着实不容易，一方面她们要带孩子，一方面还要出来工作，而且有些家里还不止一个孩子。"任何一个辛辛苦苦地在带孩子的母亲，都应该被深深地尊重。"

他说自己平时上社交平台，看到很多女生，在她们尚未结婚时，晒的多是自拍照；一旦为人母后，在社交平台上发的大都是自己孩子的照片。

Y回忆起有一次看到一个年轻的妈妈在等红绿灯，她一只手里抱着一个娃，另外一只手里还牵着一个孩子。Y说自己当时五味杂陈。

爱的痛苦，像澎湃的大海，在我的生命里放歌；
而爱的快乐，像鸟儿在花丛中吟唱。——《飞鸟集》

人生八苦

K的老婆是浙江省一家医院的外科医生，他和她的老家都是浙江温岭的。

以前K和医生谈恋爱时，有一次碰上节假日，彼此聊到要不要一起回一趟老家。

K开玩笑似的说道："你现在回去得是荣归故里吧。"医生略一沉吟，喃喃说道："啥啊，我都不想回去了。"

她说自己这些年一直都在外面，有时候偶尔回到家里，碰到村里的那些人，一眼望去感觉他们苍老了好多——和小时候记忆中的样子，完全不一样了。"夫天地者，万物之逆旅也；光阴者，百代之过客也"，时光如水，岁月如刀，时间没有把温柔留给他们。

她回忆起有一次自己回到老家时，和邻居聊天，问对方村口小卖部的那个老板怎么看不到了。邻居瞟了她一眼，幽幽地说："没看到人家门口贴着挽联吗？肺癌，人已经化作青烟，驾鹤西去啦。"

说完医生也直感慨：不知怎么回事，感觉现在人到了一定年纪，最后大都是因为恶性肿瘤离世。

这让K想起了有一次和佳奈在上塘高架开车，都已经晚上十点了，路上依然车水马龙。K说他们当中很多人估计都是刚刚下班。原本低头玩手机的佳奈，抬头看了下前方汽车尾灯组成的一片霓虹光影，轻轻地叹道："是啊。"

生命中留了许多间隙，从中传来死亡的伤感乐曲。——《飞鸟集》

从梦中醒来

权力就像爱情，容易被感知，却不容易被衡量。

Z在回国之前，一直都在美国加利福尼亚州念书。他曾经的梦想是，去看看玻利维亚的天空之镜、巴西的千湖沙漠、智利的阿塔卡马盐湖、秘鲁的马丘比丘，再去感受伊瓜苏瀑布的水飞溅到脸上的感觉，去汤加来一场与鲸鱼共游的奇幻之旅，然后再到冰岛……一直流浪到世界的尽头。

不过，"梦里走了许多路，醒来还是在床上"。后来，几经辗转，毕业后Z还是回到了祖国的怀抱。

权力夸耀它的恶行，
却被飘落的黄叶与浮游的云嘲笑。——《飞鸟集》

二

天空中闪烁的光

展翅高飞

K说自己因为工作的关系，平时在××市待的时间比较多，有时候碰到一些小伙子想换一份工作了，他都极力怂恿他们来杭州找工作。

"你要是去过滨江，去过城西未来科技城，就能体会到什么是世界互联网之都。这些大大小小的互联网公司，它们想要发展，免不了要疯狂地挖人。"

现在，他想用两句歌词，"天地间任我展翅高飞，谁说那是天真的预言。风中挥舞狂乱的双手，写下灿烂的诗篇"，送给那些还在迷茫无措的年轻人。

不要觉得时光漫长，三年、五年的光阴一下子就过去了。希望每一个敢于做梦的年轻人，都会拥有璀璨的未来。

我的存在，是一个永恒的惊奇，这就是人生。——《飞鸟集》

·· 所谓企业文化

在 L 刚刚开始和 Z 合作时，Z 曾经给 L 建议，怎么不给公司里的小伙伴们搞点口号喊喊，总之弄点企业文化什么的。结果 L 听了后嗤之以鼻，一口拒绝了。

L 认为："小公司就不要搞这些虚的。这些年轻人，有的是背井离乡来到这个城市，大家都是来赚钱的，不是来听你灌鸡汤的。只要公司有收入，只要有源源不断的项目进来，就给大家发钱，可劲地发。不然你留不住人的。"

Z："不是啊，我的意思是说……"

Z 还想辩驳一番，结果被 L 打断了。但见 L 说话的速度越来越快，仿佛突然有人在他的背后按了一下开关："不要搞这些虚的。我就这么跟你说吧，这些孩子来到这个城市，他们租房子要钱，他们吃饭要钱，他们打车要钱……"

Z终于长长叹了一口气，不再说话。

这时候车上的电台响起了一首歌："城里的月光把梦照亮……"L把车窗打开了一点点。

雨后的空气，清新、宁静，带着一点泥土的芬芳。车窗外，杭州城的夜晚，灯火辉煌。国大城市广场硕大的户外显示屏上，闪耀着亮晶晶的宣传语"我❤杭州"。

在日子的尾梢，当我站在您面前时，
您将看见我的伤痕，明白我的许多创伤都已愈合。——《飞鸟集》

· 女人的青春

最是人间留不住，朱颜辞镜花辞树。

曾经有人说过这样一句话：女人的青春是很宝贵的，任何一个男生在跟她交往时，都应该向她深深地鞠躬。K觉得这个话，虽然有些煽情，但是在某种程度上看，也有一番道理。

K说他想起有一次给身边的一个女生介绍对象，男方一听，女方已经30岁了，马上就开玩笑似的问道："你是不是觉得我看起来像个'老实人'？"

K忙说："不会的呢！这个女孩子很优秀的，工作也很忙，以致耽误了终身大事。"

一辈子很快的，希望全天下的女生都能遇到合适的人。

世界在清晨敞开了它的光明之心。

出来吧，我的心，带着你的爱去和它交融。——《飞鸟集》

油盐酱醋茶水电气更贵

万物之中，希望至美。

Z曾经有一次，应该是看了某个卫视的相亲节目之类的后，和K说："感觉现在的这些女孩子都好现实啊，一提到结婚，都是要房要车的。就不能简简单单地谈谈心，恋恋爱，然后生个孩子吗？"

K仔细看了下Z，沉吟半晌，笑道："哥哥，幸亏你书读得少，要是再念个几年，估计要说出'何不食肉糜'的话了。我们说人饥己饥，人溺己溺。你不能看看明星真人秀节目，就以为岁月静好。兄弟，你要深入民间真真切切地感受下生活的气息啊，生活是现实的！"

对啊，生活是现实的，用 K 老婆的话说："不当家不知柴米贵，当家后才发现，油盐酱醋茶水电气更贵。"

满是理智的思想，犹如一把全是锋刃的刀。
它让使用它的人手上流血。——《飞鸟集》

一个现实的人

强大的内心，需要时间和经历来磨炼。享受过最好的，承受过最坏的，保持坚强，保持柔软。

一直以来，很多人，包括K都说L这个人很现实的。

L发迹于畎亩，从小在中国沿海的一个小镇长大，家境平平。L的内心非常清楚：自己一个人在失魂落魄时，身边是没有朋友的，只有在顺风顺水，在飞黄腾达时，手头上的这些项目，才会缓缓地运转起来，就像一台巨大的机器。

L曾经跟K坦露心迹："在你的人生处于低谷时，你是没有朋友的，你是孤独的。唯一与你相伴的是那颗不甘寂寞的心：你相信穿过茫茫悠长岁月，总有一天，自己会有所作为。"

在漫长的历史长河中，人的一生仅仅只是一瞬间，凡世间人，朝生而暮死，人生之渺小如此，昨日的鼻涕虫小孩明天可能就是干瘪老头子甚至是一捧骨灰。

　　我的心向着旋风张开了帆，要到任何一个阴凉之岛去。——《飞鸟集》

临渊羡鱼不如退而结网

太阳底下无新鲜事，一切都是捕风，一切都是捉影。

曾经有一段时间，外面的风，甚嚣尘上。人们说 T 和 K 这两个人，一个像狼，一个像狈，本来各自安好，各干各的，但是一旦凑在一起，就开始干"坏事"了，到处折腾项目，简直是狼狈为奸。

对此，K 的评价是，一切都是捕风，一切都是捉影，你有这工夫说闲话，还不如求真务实，踏踏实实去做点事情。K 说："我签的每一个项目，赚的每一分钱，都经得起审查，都对得起朗朗乾坤。"

"临渊羡鱼不如退而结网"，钱好不好赚，你要是有过亲身经历，自然心知肚明。

　　成功就像一只萤火虫，别人只看到你身上发出的光，却看不到你在拼命抖动的翅膀。

安静些吧，我的心，这些参天大树都是祈祷者啊！——《飞鸟集》

第一桶金

过去十年，是中国移动互联网迅速发展的十年。尤其是杭州，作为"世界互联网之都"，很多年轻人都在这里赚到了他们人生当中的第一桶金。

过去几年里，陆陆续续有不少人向 L 打听如何创立一家互联网公司。

有一回，在听完对方的一番陈述后，L 语重心长地跟他说："就跟有人在街边租了个店面开小卖部一样，你这个不是开公司，你这个是个体户。"

L 继续说道："比如你要开互联网公司，你至少需要一个运营总监、一个产品总监、一个技术总监、一个财务总监。当你凑齐这些人后，他们各自会带着一群小伙伴过来入职。这样，一个公司就开张了。当然，前提是你要有项目进来。"

　　曾经有人说一个好的团队，需要五种人：震山的虎、远见的鹰、善战的狼、敏捷的豹和看门的狗。这个比喻虽然有些粗糙，但的确就是这么回事。

　　我一路走来，水从我的瓶中溢了出来。

　　到家时，水只剩下了一点点。——《飞鸟集》

说不清道不明的那点事

K 问 Y："现在那些货怎么说，放出来了没有？这都一个多月了呢!"

Y 的情绪明显有些低落，他说："还没呢，材料都已经弄好了，但是国外那边说还是不行，他们要做基因检测。"

K 也是惊呆了："这面料都已经做成衣服，都已经封装成袋了，还能拿出来做基因检测?"

Y 回道："要是真的做了，能查出来的。"

K 听得目瞪口呆。后来两人匆匆说了几句，就把电话挂了。Y 的意思是，国外客户那边也开始着急了，说他们的大老板是国会的参议员，已经出面给当地的海关打电话了。

　　可见西方国家大财团和政界之间的关系，很多时候都是说不清道不明的。

　　弓对即将离弦的箭低语道："你的自由就是我的自由。"——《飞鸟集》

不再是看客

初夏的夜晚，凉风微拂，星辰璀璨。

K说他不知道女孩子们对一个城市的印象是受哪些方面的影响，他只知道男生喜欢一个城市，大都是因为他曾经在这个城市里赚到了钱，度过了一段青涩的岁月。外面的繁华再好，跟你有什么关系呢？有时你只是一个看客，看看它们的楼有多高，看看人家过得有多好。

同学说，K这个人啊，以前傻傻的，只知道浑浑噩噩地过日子，现在成天跟Y、L、T这些人玩在一起，也开始变得"精明"了。以前只知道说杭州好，温岭好，现在也开始试着说出南京好，苏州好。有时候回到家里，也会跟老婆秀一秀刚刚学到的南京话。

水里的鱼儿沉默着，陆上的野兽喧哗着，天上的鸟儿歌唱着。

然而，人类却兼有大海的沉默、大地的喧闹和天空的乐曲。——《飞鸟集》

医院旁边的房子

有一次 Y 送 K 回家时，跟他说："K，要么你帮我在附近看下，我下次在这边买套房子吧。我看这个地方蛮不错的。"

K 忙说："哥，你还是去别的地方买吧。这个地方，有多少人是站着进来，躺着出去的；有多少家庭在这里有过心碎的体会。你是珍惜时间的人，为何把房子买在医院旁边？这里一天到晚都在堵车呢！"

K 又说道："这些房子就留给那些外科医生买好了。他们有时候三更半夜接到值班室的电话，挂完电话，就马上起床，穿好衣服，然后以最快的速度冲到医院的手术室。"

Y 听了后，沉吟半晌，说道："好像是的，我感觉每次送你回来，都能听到救护车的声音，很响的。"

K有些伤感："能不响吗？附近就有两个大医院，你说它能不响吗？我有时候周末躺在床上，感觉马路上一天到晚都是'呜呜呜'的声音。一听到这个声音，就知道又有一出悲伤的故事要上演了。"

死亡如大海无边的歌声，
日夜冲击着生命的阳光之岛的四周。——《飞鸟集》

众生平等

我从未见过一个早起、勤奋、谨慎、诚实的人抱怨命运不好。

——富兰克林

有一段时间，K老是喊累，一下子这里不要去，一下子那里不要去。他的这个状态大多是出于矫情，但是有时候也是真实的。他每次出差碰到的或陌生或熟悉的面孔，大家无一例外都是一脸疲惫。

有时候，K和朋友聊起这些事，朋友也是一声长叹："我们不得不努力呀，不努力连饭都没得吃。"K说："我们的国家已经越来越好了，我真心希望大家都能过上好日子。"

在我的生命中，有贫乏和沉默的地带。
它们是我忙碌的岁月得到阳光和空气的空旷之地。——《飞鸟集》

冷得像刀

关关难过关关过，夜夜难熬夜夜熬。悲喜自渡，他人难悟。

人人都说L精明，可谁曾知道，人家也是一步一个脚印走过来的。"经商有道"，没有谁天生就会做生意的，都是项目做得多了，经历的事情多了，自然就老练了，就像那句话所说的：走过的路，见过的人，各有其因，各有其缘。

L说他在最困难的时候，公司里的这些员工进进出出就像流水一样。这些小伙伴一看到公司没项目了，老板发不出钱了，就四散了。

L说："人在落魄的时候，是没有朋友的，只有银行每天给你打个电话：'哥，你们公司在我们这里还有一笔贷款呢，可别忘了。'"

L说自己的这些远房亲戚，或者说现在身边的这些人，之所以能够围着自己团团转，那是因为他已经度过了这段非常时期。借用19岁的夏川用过的一个比喻：一个男人在历经磨难后，如今他的心，已经冷得像刀一样。

可能所有的奋斗者都是这样走过来的吧。

我曾伤痛过，也曾失望过，还曾体会过"死亡"，
于是我以我在这伟大的世界里为乐。——《飞鸟集》

小老虎与黄油

我们说，伸手摘星，即使徒劳无功，亦不至于满手污泥。

很多年前，K曾经和Y一起，躺在某个院子里，仰望浩瀚的星空。目力所及，真当是"星河欲转千帆舞"。

夜空中，星星一闪一闪的，让人想起"一闪一闪亮晶晶，满天都是小星星"。在那一刻，K感觉自己终于能体会到Y为什么那么喜欢星空了。你说人世间的这些纷纷扰扰，在浩瀚的宇宙面前，是多么的微不足道啊。也许大家在白天的时候，个个都跟小老虎似的，但是一旦到了晚上，到了深夜，大家又都变回小孩子了，可爱到整个世界森林里的老虎全都融化成黄油。

曾有人感慨，面对无垠的宇宙，人类的认知是多么有限。也许我们并不会妄自尊大，但是却难免偏激、狭隘、盲目，甚至极端，这是我们一生都要去克服的局限性。但愿我们都能够拥有一个更广

阔的、更深厚的精神世界。

　　白昼，以及这小小星球的喧嚣，淹没了整个宇宙的沉默。——《飞鸟集》

成长的种子

肉体是每个人的神殿，不管里面供奉的是什么，都应该好好保持它的强韧、美丽和清洁。

他认为 L 或者 Y 能够走到今天，可能跟其自身的性格有关。K 说他始终认为一个人的性格是无法改变的，它随着染色体的拆分、转录，刻在人的基因里，伴随着他的一生。它只能掩盖、控制，不可能改变。

或者说跟他们童年的经历有关，可能当时有过什么事情，在他的内心深处埋下了一颗种子，导致后来在他成长的过程中，在他的往后余生里，他只能不停地去追求卓越。一旦停下来，他就会感到不安，类似强迫症——他的人生除了不停地"成长"，别无选择。

人是一个初生的孩子，成长是他的力量。——《飞鸟集》

精于一道

一个职业是生命的支柱。　　　　　　　　——尼采

Z有一段时间每天都跟L在一起，他很想创业，想跟大家一样开个互联网公司。

后来他们俩在一个类似"城市大脑"的项目上进行了合作。商务上，由Z想办法带L去各个相关部门交流。

有一次呢，他们交流完，在回来的路上，L直感慨："Z啊，你自己对业务还是要了解，要精通的，不然就很容易被对方忽悠，会让我们的流程变得非常漫长。而且最重要的是，大家都喜欢跟专业的人打交道。"

是的，大家都喜欢跟专业的人接触。对于这句话，K深有同感，他说他们公司是做微信生态的。比如企业微信，自己有时候也

会看看最新的论文，看看官方有哪些新的功能出来了。你只有自己足够了解，和客户交流起来才会游刃有余。什么平台赋能、工具赋能、算法赋能，再来个边缘计算，然后把PPT打开，把案例拿出来给对方看，有图有真相。对方一看，的确不错啊，小伙子挺专业的，至少是懂的。

好比你去4S店买车，销售员很懂，什么弹射起步，什么香氛系统，说得头头是道。你一听，好专业啊，这个车买来应该不差。

你如果自己不懂、不够精通的话，有时候就很被动。

把我当作你的杯盏吧，让我为了你，为了你的所有而盛满水吧。——《飞鸟集》

奇幻旅程

从前种种，譬如昨日死；从后种种，譬如今日生。

K曾经说过这样一段话：每一次睡眠，都是对过去的深深告别；每一次醒来，都是对未来的庄严宣告。而"现在"，它是如此之快，稍纵即逝。

据说在生物学上，有这么一种说法，人的细胞，每隔一阵子会全部更新一次，有时候回望过去，你以为那是过去的你，其实早已物是人非——你的身体通过新陈代谢，已经进行了更换。

有一次，Y和K聊天："一个帝王，他把自己的陵墓修得非常奢华，气势恢宏。在这个过程中，你看到了什么？"

K："我看到了他对死亡的恐惧。"

K有一次似睡非睡时说出了这样一段话："我们的家离××医院只有一步之遥。过去的种种经历告诉我，人一旦老了，并且又病了的话，是非常麻烦的，也非常痛苦。我，我害怕衰老，也害怕死亡。"

可是仿佛有个声音在他的耳边窃窃私语："假如，假如有一天有人告诉你，你已经来过人世间了，已经体会过一把'生而为人'的乐趣了。现在，你的生命可以结束了，你可以结束这场'奇幻旅程'了。那时的你，会不会躺在病床上，祈求多活一天？"

K："不了。如果那个时候，我还有力气说话，我想大声地说出：在过去的岁月里，我从来没有虚度过一寸光阴。"

终止于枯竭的是"死亡"，而终止于无限的是"圆满的结束"。——《飞鸟集》

风物长宜放眼量

一个企业主在决定要不要参与一个项目时，他一定是经过慎重考虑的。他可能有很多"线人"——这些人平时会给他提供大量的信息。

这就好比一个帝国，在发动战争前，它会派出大量的侦察兵，出去一探虚实。这也就是古人说的"故胜兵先胜而后求战，败兵先战而后求胜"。

包括K所在的公司，他们作为杭州的一家互联网公司，为什么会去隔壁省拓展业务？他们肯定是经过深思熟虑，经过精心布局的。K可能平时很少说话，但是他的内心非常清楚，比如第一年的时候要先把团队建起来，把人稳住；第二年的时候，开始横向拓展，顺便在周边地市找几个项目，"打打野"；到了第三年，又该如何操作。

他不会浅尝辄止，这个成本是非常高的。

风物长宜放眼量。所有的一切，他肯定都是提前想过的，又不是凑个三五人，就往上扑。毕竟，对他们而言，一旦选择了进入某个领域，马上就要花大量的成本进去。

L曾经在他四处拓展业务时，说过这么一句话，他希望自己赚的每一分钱都是经过精心策划的。他说自己非常认可意大利作家卡尔维诺说过的一段话："我对任何唾手可得、快速、出自本能、即兴、含混的事物没有信心。我相信缓慢、平和、细水流长的力量，踏实，冷静。我不相信缺乏自律精神，不自我建设，不努力，可以得到个人或集体的解放。"

我是秋天的云，空空无雨，
但在成熟的稻田里，可以看见我的充实。——《飞鸟集》

由衷的开心

有一次，朋友说："K，你们不能这样子啊，老是跑我们××市来赚钱，然后一转身就说你们浙江好、杭州好。你，你这样不行，让人看了心寒。"

当天晚上，K回到家里，马上在社交平台上写道：××好，我们要共同打造强富美高新××，为社会主义现代化建设添砖加瓦。

我们曾经在一起，曾经有过一段共同的记忆，这就是生活的意义。K说："如果有一天，当我们蓦然回首，发现这个地方经济更强了，百姓更富了……我也会由衷地感到开心。"

毕竟，我们的国家能够走到今天，真心不容易。K说："我愿意再次高呼，祝愿伟大祖国繁荣昌盛、四海升平。"

在心的远景里，距离显得更为宽广。——《飞鸟集》

命运的齿轮

剃刀锋利，越之不易，智者有云，得渡人稀。

胡雪岩故居在河坊街的尽头，离西湖很近的。去过的人都知道，它非常的气派、奢华，可谓"极江南园林之妙，尽吴越文化之巧"。在胡雪岩人生的巅峰时刻，"富埒王侯，财倾半壁"，最终"以红顶商人之老谋深算，竟不过十载"。

古人有云：眼看他起高楼，眼看他宴宾客，眼看他楼塌了。可谓是一句话道尽了人生的起起伏伏，道尽了世间万千的变化。也有人说"隐患埋于巅峰"，很多重大事情的发生，事后仔细想想，其实都能从过去中找到蛛丝马迹。毕竟，1%的电是从100%消耗下来的，太阳也不是突然就落山的。

只是那个时候，你的人生太顺利了，对隐患没有重视而已。毕竟，一个易于膨胀的人在顺风顺水时，他是什么都听不进去的——就知道自己的账户里，每天都有钱滚滚而来。除此之外，他什么也不知道了，什么也不想知道了。

人生哪能多如意，万事只求半称心。K之所以喜欢这句话，一方面是觉得它的确充满了禅意，一方面也是希望可以警醒自己：在生活顺遂的时候，就要未雨绸缪，就要做好最坏的打算。毕竟，世事无常，谁也不清楚命运的齿轮到底是如何转动的。

一百多年过去了，如今胡雪岩的故居已经成为杭州市的景点。

上帝的右手是仁慈的，左手却是恐怖的。——《飞鸟集》

辩　经

有时候，放弃也是一种胜利。

好比一个男生，苦苦追求一个女生，恨不得掏心掏肺掏胆囊——每天都是一双眼睛追着她乱跑，一颗心早已经准备好。但是最终，还是眼睁睁地看着她和别的男生走在了一起。然后深深地叹一句"早知如此绊人心，何如当初莫相识"。

好比一个作家，他一心想要入围福布斯中国作家排行榜，一心想要推开世界文学殿堂的大门，但是最终还是与世间美好擦肩而过。

你该说这是性格使然呢，还是说这是命运的安排？

在这种情况下，你应该如何与自己的心和谐相处呢？

狂风暴雨仿佛是某个天神被大地拒绝了爱情，在痛苦中哀号。——《飞鸟集》

磕长头匍匐在山路

K说他因为写作的关系，平时喜欢观察生活。他觉得，所谓奋斗者在他们的人生发轫之初，一句话都不说，每天就埋头苦干，真当是磕长头匍匐在山路。直到有一天，他们觉得时机已到，马上一跃而起。

很多事情都有窗口期的。就像T，他说自己人生最大的遗憾就是以前在SP业务的黄金时代没有出来创业。前几年和K聊天时，他还会念叨着要不要在外面开个公司。现在是再也不会说这些话了，可谓心如止水。为什么会这样？用他自己的话说，一方面自己已经过了40岁了，孩子也不小了，不想折腾了；另一方面，的的确确，年纪大了，身体里分泌的激素也不一样了。

T说自己研究生刚毕业，就进入运营商工作了，到现在为止，将近20年了。种种迹象表明，自己可能要在这个体系里面干一辈子了。他说这些年，自己接触过许许多多的年轻人，也培养过不少优秀的员工。

T说这个话时，正在和K一起吃饭，神情有些落寞。K也是安慰他："你曾经培养过那么多人，他们像一颗颗蒲公英的种子，会乘着风去往四面八方，不论土地肥沃还是贫瘠，都会全力以赴地扎根生存，努力开花。"

诗人的风，穿越海洋和森林，找寻它自己的歌声——《飞鸟集》

忠厚传家久，诗书继世长

夏天的蝉鸣和晚霞可以治愈这一天的疲惫。

L曾感慨，赚钱哪有这么容易啊，别以为有的人看上去有模有样的，但是他们都有不得不去的饭局，都有不得不喝的酒。

Y说他现在生意场上的很多朋友都是这样的：父母辈很努力，积累了一定的财富，然后自己也很拼，和父母一起再接再厉，继续干。然后等自己的孩子长大后，等他接受完高等教育，全面扶植他，直接让这个孩子来当董事长。

为什么呢？因为这个小宝宝从小生活安稳，受到的教育、培养的价值观也都很正。这样的小宝宝，他长大后会一身正气，也会比较善良。

当然，这只能代表Y个人，或者说他所结交的那一群人的观点。

Y说："说什么家业长青，说什么千秋万载，这些都太虚了，平平静静地过个三代吧。"

君可知，杭州的胡雪岩故居，曾经的深宅大院，曾经门庭若市，高朋满座。百年之后，拿他家钥匙开他家门的，又是何许人也？

或者用L的话说，钱来得很快的，去得也会很快。

"大海啊，你说的是什么？"
"是永恒的质疑。"
"天空啊，你回答的是什么？"
"是永恒的沉默。"——《飞鸟集》

精明是个中性词

有一个人有个习惯，有段时间一下子说这个人"精得要死"，一下子说那个人"精得要死"。后来L就说他了："哥们，你不能这样子啊，如果你觉得每个人都很精明，那只能说明你自己有问题，需要调整了。"

人生真正能折腾的，能有几个十年啊！不要以为随着年龄的增长，财富就会逐年累积。真心不是的！看看我们的Y，2021年夏天，用他自己的话说，××国海关这顿骚操作，害得他账面上直接少了二百万美元。再去看看有些所谓的成功人士，有多少人大唱"明天更美好"，如今却为了还债，在各个银行之间兜兜转转。不是财富没有亲近他，而是当初财富亲近他时，他没有好好珍惜，大手大脚的，最终一切就像是镜花水月，"其兴也勃焉，其亡也忽焉"。

L说十五年前，他因为要结婚，苦于没有房子——连首付都没有。当时，他跟亲戚们借了一笔钱，在郊区一个非常偏的地方，买了他人生当中的第一套房子。

一个男人，要是在这种情况下，一步一个脚印走过来，你说他能不精明吗？

我们看错了世界，反而说它欺骗了我们。——《飞鸟集》

感情与利益

T曾经带K参加过一个饭局，就座的都是当地一些头部公司的一把手。席间，其中有一位领导说："不聊工作了，不聊工作了，我觉得工作什么的都是暂时的，兄弟们之间的感情才是永恒的。"

当然，也许这位领导只是酒过三巡，随口一说。

但是的确就是这么一回事，昨天你搞公众号，今天你搞企业微信，明天风口变了，大家都玩别的了，你还去搞微信生态吗？

工作是暂时的，但是你因为这份工作，曾经和一群人凑在一起，大家有过一段共同的记忆，这份感情是真挚的、永恒的。

L说他现在回忆起来，以前自己刚工作时，恨不得同学、朋友之间的结婚、订婚都不想去，真当是潜心钻研业务。现在想想，感觉自己好傻啊！光阴如露，日影如飞，随着岁月的变迁，也许你自己都记不清曾经做过什么项目，赚过哪些钱了，但是同学或者朋友之间的这份感情却是长久的——只要你们玩得来，基本上每年都会联系，直到岁月的尽头。

这么多年过去了，K 在杭州玩得最好的两个小伙伴，不就是 Y 和佳奈吗！

我们说为什么那些奋斗者让人尊敬？相信他们之所以能够成为行业翘楚，也是一步一个脚印走过来的——"这世间本就是各人下雪，各有各的隐晦与皎洁"。也有人说，一个人最好的状态就是，眼睛里写满了故事，脸上却不见风霜。

沉默蕴含着言语，宛如鸟巢怀抱着睡鸟。——《飞鸟集》

锦衣夜行

中国人做事情是多么讲究藏于九地之下啊。这让 K 想起了，刚开始几年 L 回到老家时，会跟别人说自己现在在杭州开公司，还大言不惭地说道："谁谁谁我都认识的呢！"这几年，不论有没有赚到钱，逢年过节回到家里，L 对外直接统一口径："哪呀，我快混不下去了呢，都快没饭吃了！""这个事情我安排不了哦，还是去找别人吧。"

"狗蛋，去城里发展干啥呀！农村多好，你看你住的房子多大啊，看这中华田园犬，房前屋后，跑来跑去的，多欢乐呀！城里可没这么宽敞哦，很多家庭都是一家人挤在一个小房子里的。"

他能说出这样的话，说明这些年，他的思想发生了某种深刻的变化。

樵夫用斧头向大树乞求斧柄。

大树给了他。——《飞鸟集》

一件有意义的事

从事移动互联网行业的基本都是年轻人。

L开了十多年的互联网公司了。他公司里的不少女性员工，以前刚刚来上班时还是一个小姑娘，随着岁月的流淌，后来谈了男朋友，再后来结了婚生了孩子，现在孩子都可以在地上爬了。

这些年轻人，他们凑在一起，一起经历风风雨雨，一起成长，一起见证彼此在这个城市里第一次买房，第一次买车。

这一切都是有意义的。

时光无涯，聚散有时。他们当中有些人后来离开了，去了更好的平台。

有时候，遇到中秋节、国庆节假日的时候，他们也会在社交平台上发发照片，说去哪里度假了。

用 L 的话说："我真心感到开心，希望他们每个人都过得比我好，这是一件有意义的事。"

大地的泪珠，使她的微笑如鲜花般盛开。——《飞鸟集》

三

星空 月寂

·· 圆满的结束

　　K说假如哦，假如到了垂暮之年，自己罹患重疾，虽然全身上下插满了管子，虽然躺在床上浑身不能动弹，虽然已经病入膏肓，但是自己还是想说："不不不，你们这还有没有什么压箱底的药，全部都给我上吧，我要多活一天，哪怕只是一天！"

　　也许死亡本身就是生命的一部分。也许这样，也许那样，但是我已经做好全方位的准备了。我这一生，什么样的事情都经历过了，我曾经"春风得意马蹄疾，一日看尽长安花"；也曾经"囊空恐羞涩，留得一钱看"。而且最重要的是，我从来没有虚度过一寸光阴。

　　终止于枯竭的是"死亡"，而终止于无限的是"圆满的结束"。——《飞鸟集》

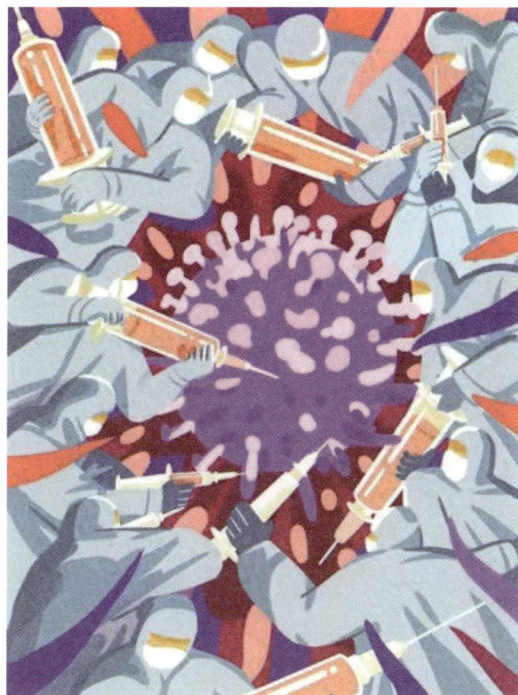

比野兽更坏的人

医生所在的科室，平时来的都是一些重病患者。有一次在门诊时医生遇到了这样一位患者，对方是一位女性，得的是一个胃部的病，不严重，医生就让她先吃药观察一段时间。

刚开始的时候，这种药需要一千多元钱。后来这个药进入了国家集采药品的名单，一个月的药费只要几十元钱就够了。

当时这位患者是这么说的："医生，我得的是癌症呀，你让我吃几十元钱的药？我，我不放心啊！"

之所以她会这么说，是因为在大家的印象里，这些治疗癌症的药，应该都是很昂贵的。因为之前药商都是这么卖的呀，时间长了，人们对此都已经习以为常了，或者说这种想法已经根深蒂固了。

当人类是野兽时，他比野兽更坏。——《飞鸟集》

牵系我心的

有一次K发现在××医院的大门门口，5点半居然就有车子在排队了，而且大部分都是外地的牌照。他们一等就是一个多小时，无非就是为了到时有个车位。

K后来又细想想，觉得挺难受的。这些人的家人要不是病入膏肓了，也不至于一大早就来医院的门口排队，而且杭州的夏天，又是那么炎热。

曾经有一位患者家属在车辆的出口处，说了这么一句话："能够不远千里来这里看病的人，多多少少都已经是可怜人了。"

那在无名之日里的感触，牵系我心，
宛如绿色的苔藓，缠绕着老树。——《飞鸟集》

骑电瓶车上班的医生

为什么很多医生都是骑着电瓶车来医院上班，而不是开车？

K 说他经过长期的观察发现，××医院的医生，特别是外科医生，他们都是在医院周边买房子，然后骑着电瓶车去上班的。为何？用医生的话说，你要是突然接到电话，说某位患者健康状况比较危急，等挂完电话，你经过一路堵车来到医院，再在医院里兜个一圈，找好车位，停好车子，接着再一路小跑，赶到手术室所在的那幢大楼。等医生上楼后推门进去时，可能会发现已经错过最佳抢救时机了。

K 问："这么大的医院，就不能让那些值班医生顶上去吗？"医生说："怎么顶？你的病人，你自己最清楚了。当初开刀的时候，哪个地方有过大出血，哪个地方放了夹子，哪个地方是用超声刀切的，只有你自己最最清楚了。"K 想想，好像是这么回事。好比一个程序员，当初这段代码是你写的，现在出了 bug，无论如何，你

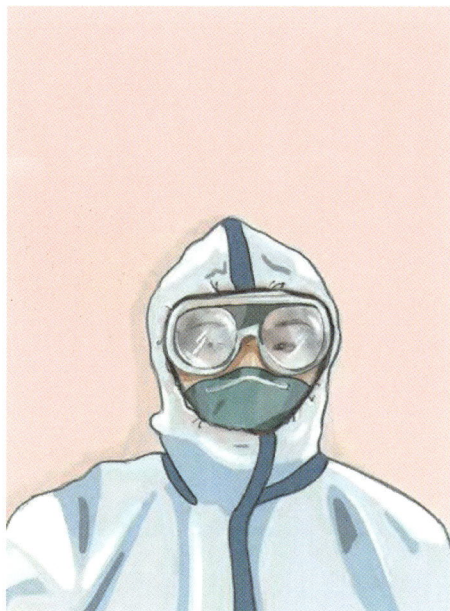

都是第一责任人。

虽说这些外科医生都是见惯了生死，但是真正面对死亡的时候，大家都还是很谨慎的。

这是一件非常严肃的事情！

生命中留了许多间隙，从中传来死亡的伤感乐曲。——《飞鸟集》

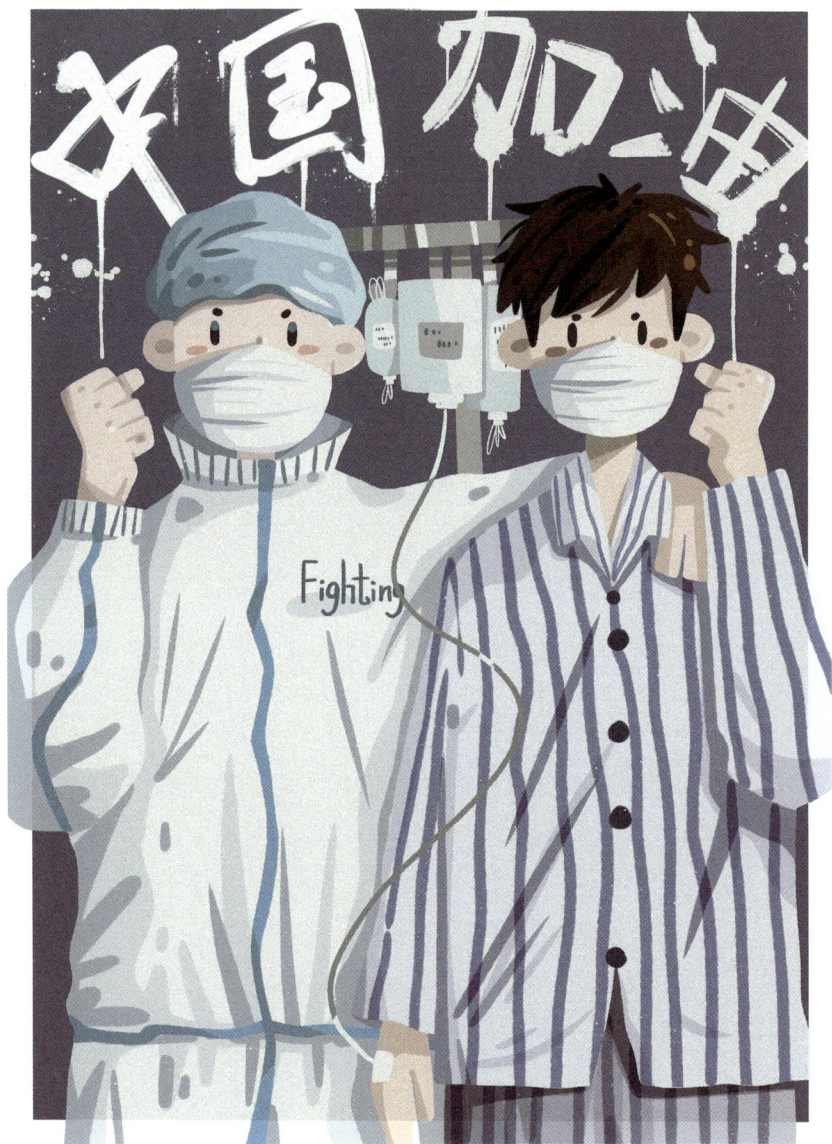

再打扰你一下

患者："医生，再打扰你一下，这个检查单已经出来了，你帮我看下呗。"

其他医生："哎，你怎么直接推门进来了，我们都已经下班了呢！"

患者走到了医生对面："你再帮我看下呗，反正就我一个了嘛，我等下还要赶着回去呢。"

医生咽了一口盒饭，抬头说道："你再着急也要让我吃口饭呀，我从上午8点开始坐门诊，到现在为止，已经12点半了，一刻都没有停过。"

患者依然站在原地，没有任何要离开的意思。

医生接着说道:"这样吧,看也没这么快的,等下午开始上班,我第一个就给你看。"

患者:"哎呀,医生,就不能现在……"

互相理解吧,理解万岁!

Y曾经说过这么一段话,他说年轻人要有紧迫感,不应该随意挥霍日子。他认为青年时代的一天,能够抵上垂暮之年的十天、一百天。你认可吗?

世界以它的痛苦吻着我的灵魂,要求我用歌声作为回报。——《飞鸟集》

一场梦

"红尘来呀来，去呀去，都是一场梦。"

有一次晚上，医生值夜班时，护士找她说有位患者一直在喊痛，受不了了，要她出去开止痛针。

医生出去一通操作，回来时心情已经跌到了谷底。那位患者三个月前来看病时，她见过的，跟常人没什么两样。但刚才看到他时，他的脸上瘦得就跟骷髅外面包了一层皮似的——整个人已经完全被癌细胞吞噬了。

在医院里，这样的事情并不少见，特别是在跟肿瘤相关的科室。

我们之所以可以无忧无虑地度过一段平静的时光，是因为基于一种默认，默认自己一辈子不会得这些奇奇怪怪的病，至少年轻的

时候不会。

　　毕竟，在我们年轻时，我们可以购买一张 Z164 的火车票，从喧嚣的城市，经过青海湖、可可西里、昆仑山脉、唐古拉山口，来到拉萨。我们可以在夏天的夜晚，躺在高高的屋顶，眺望浩瀚的星空。我们可以听喜欢的歌曲，做一切惬意的事情。

　　总之，年轻的生命是多么美好。但愿你我都不会老去，也不会生病。

　　当太阳横穿西海时，
　　在东方留下他最后的致意。——《飞鸟集》

·· 遥遥微光，与你同行

　　K 见过重病患者的家属，他们就坐在患者的床头，一句话也不说。

　　医生自以为自己每天开刀，见惯了生死，有一次却也忍不住流泪了。她说有一位六十多岁的大爷，胃癌晚期，已经开过刀了，谁知过了几天又出血了，于是再次开刀进行处理，但是当天晚上又出血了。特别是，虽然已经这样了，这位大爷的意识依然非常清楚，沟通方面也没有任何障碍，两只眼睛炯炯有神。而且之前的治疗，他自己也一直非常配合。

　　当晚这位大爷的家人和医生商量。医生的意思是还可以再开刀，但是意义不大了，因为就算开刀了，后续可能还是会出血，因为的确太晚了。但是如果不开刀，基本上就熬不了多久了，因为患者的血压一直在掉，这是非常危险的。

此时窗外开始下起了毛毛雨。

后来大爷的家人经过一番权衡后，连夜联系救护车，把大爷送回老家去了。

医生说，当天晚上，这位患者的女儿是这么跟她爸爸解释的：现在疫情又严重了，而且也快过年了，医院不接收外地的患者了。结果，她爸爸听了后，全程非常配合。那天晚上，在这位大爷被抬上救护车那一刻，医生说她看见他的眼角滑下了一滴泪。医生说在那一刻，她自己都忍不住要哭了。毕竟，这位病人的年纪也不是很大，而且之前一直都非常积极地配合治疗，求生意志非常强烈。

有这么一句歌词"在心碎中认清遗憾，生命漫长也短暂"。相信在生命的尽头会有一个崭新的世界在等待着他。

这是惨淡的一天，光在紧蹙的云下，
像一个被处罚的孩子，苍白的脸上缀着泪珠；
风的哀号，像一个受伤世界的啼哭。
但是我知道，我正跋涉着去见我的朋友。——《飞鸟集》

四

夏日之梦

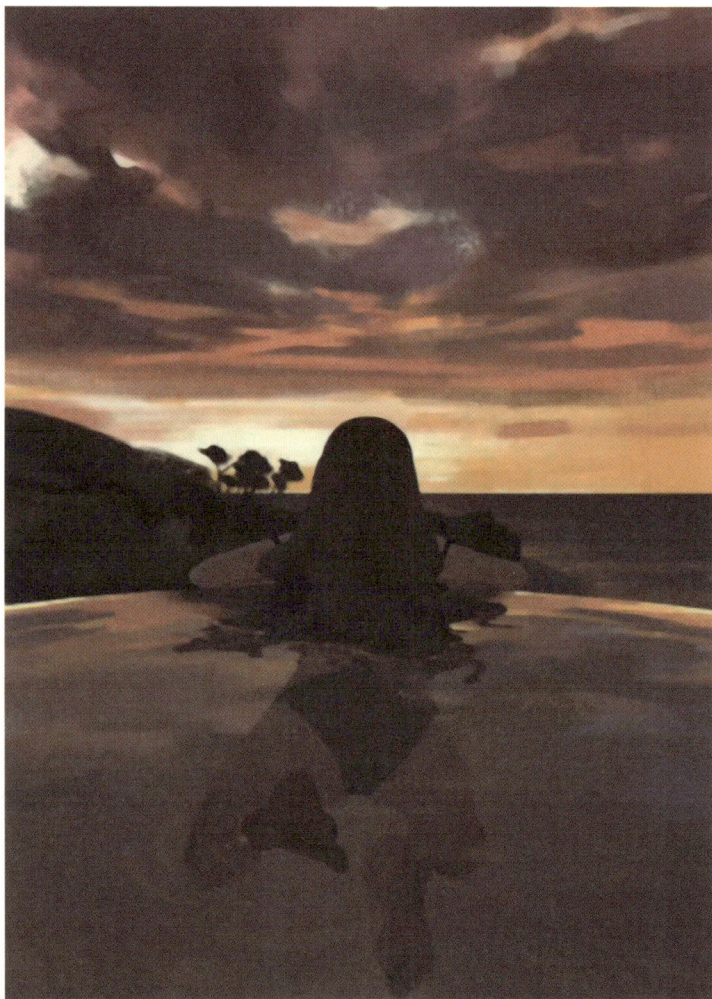

长大是孤独的

关于成长，夏川也俏皮地说："'长大'这两个字连偏旁都没有，当真孤独。"

有一次，班里的男同学曾经把一则感人的小视频转给夏川看。半天后，夏川回复道："不要以为这样就可以让我动心，你错了，我打零工杀了八年鱼，心冷得像刀一样。"

K常说，要多跟这些"00后"接触，现在这些孩子，她们说话都很有意思的。

"什么？你已经过了这个年纪了，对这些已经不感兴趣了？摸摸你那微微下垂的良心，说句实话，你有没有觉得她们身上充满了活力，朝气蓬勃？"

K自言，有时候跟她们聊天，自己都被吓成了皮皮虾。

"夏川，你今年多大啦？"

"三岁零一百九十二个月。"

歌声在天空中感到了无限，图画在大地上感到无限，
而诗，无论在空中，或是在地上都感觉无限。
因为诗的语言会舞动，诗的音韵会飞翔。——《飞鸟集》

唯有美食与爱不可辜负

温度在慢慢上升，女孩的裙摆撑得起所有的温柔与盛夏。

夏川曾经深信"唯有美食与爱不可辜负"。某年暑假里，有一次妈妈带她去菜市场。路过卖牛蛙的摊位时，她驻足观察了一段时间，后来回忆道：

那一堆青绿色的牛蛙，密密麻麻地趴在网袋子里，一双双黑眼睛亮晶晶的，腮部一鼓一鼓的。只要有顾客下单，摊主就会麻利地从网袋子里抓出一只，随后操起台面上还沾着血丝的剪刀，直接现场宰杀。

"好残忍啊，真的好残忍！"夏川回忆道，"感觉三秒钟就把一只牛蛙杀好了。第一秒用剪刀开膛破肚；第二秒把所有的五脏六腑都掏空；第三秒，剥皮——顺着蛙的背部、腿部把整张皮都撕下来，然后往垃圾桶里一扔，就完事了。"

她接着说道："那蛙，在被抓在摊主手里的时候，眼睛还一直在转，四肢乱划。感觉好残忍啊！三秒前还在呼吸，三秒后就露出了一副森森白骨，成了一道食材。"

"我的女儿，岂止是牛蛙啊，你吃的这些猪牛羊鸡鸭，它们在被宰杀前都是这样的，四处乱窜，充满了恐惧和憎恨。现在菜场里没有活禽了，以前他们杀鸡鸭的时候，都是直接用剪刀在它们脖子上一剪，然后往地上一扔。"爸爸说道，"那些鸡鸭，在被割喉后，还能兀自在地上挣扎好几分钟，一边翻滚一边流血。等它们喉咙里的血都流光了，没有动静了，再把它丢进滚烫的开水里，等待褪毛。"

夏川打了一个寒战，说道："人类应该庆幸自己生活在食物链的顶端。"

不过说归说，当牛蛙做好后，端上来时，的确很好吃——香气浓郁，肉质细嫩，味道鲜美。全家人都吃得津津有味。

我听见在我忧郁的心后面有东西在沙沙作响——可我看不见它们。——《飞鸟集》

90

众生皆畏死

《孟子·梁惠王章句上》有云："君子之于禽兽也，见其生，不忍见其死，闻其声，不忍食其肉。是以君子远庖厨也。"

K说他有一次去菜场的时候，路过卖鱼的摊位，看到摊主在杀鱼，就问他："都没有人买，你怎么就把鱼杀了呀？"摊主说："很多老年人，他们见不得杀生的。他们看到活鱼不会买的，但是已经杀好的鱼，他们是会买的。"

K想想觉得这挺有意思的。他想起有一次自己在厨房里蒸大闸蟹：先在锅里架一只盆，等水煮沸后，迅速地把一只张牙舞爪的大闸蟹放进去，然后再盖上锅盖。通过透明的玻璃盖，可以看到螃蟹在里面拼命地挣扎。

可见任何生灵在被屠杀前，内心都是充满了恐惧、憎恨。

感谢上帝，我不是一个权力的车轮，而是被压在它下面的一个生灵。——《飞鸟集》

我到了一百岁还可爱

你在年轻时，有没有说过"我到了一百岁还可爱"？

大一上学期时，有一次夏川和她的同学在学校附近的理发店烫了一下头发。

晚上回到教室后，第一句话就是问班里的男生："我看上去有没有更成熟、更有女人味了？"

这个话，在一群刚刚迈入大学校园的孩子们口中说出，没有任何毛病。他们全身洋溢着青春的气息，就像一首歌里唱的，"纯白棒球帽，墨绿色衣角，时间静止的美好"。虽然这些孩子都还在象牙塔，但是他们的心，一颗颗雀跃的心，殷切盼望着长大。

但是在四十岁的老师听来，这个话是震撼人心的。她有时候跟同事聊天，说真想把这些孩子们说的话录下来，等十年、二十年后，再放给他们听，那一定会是一段非常珍贵的记忆。曾经年轻的你，"将头发梳成大人模样，穿上一身帅气西装"，就为了让自己看上去更加成熟。

我的孩子，你是否会想到，有一天自己会坐在梳妆台前，眼前是各种瓶瓶罐罐，然后不停地翻来覆去，不停地在脸上涂抹。只是为了让自己看起来可以比实际更年轻、更稚嫩。

但愿所有的人都不会衰老。

世界对着它的爱人，扯下它那庞大的面具。

它变小了，小得宛如一首歌，小得宛如一个永恒的吻。——《飞鸟集》

爱　慕

林深时见鹿，海蓝时见鲸，梦醒时见你。

A是夏川在大学里的同学。

有一次，他给夏川发信息：你夹娃娃很厉害吧？

夏川回复：不厉害。

A：那你是怎么紧紧夹住我的心的？

总之，在一整个莺飞草长的季节里，A发给夏川的信息都是一些甜得发腻的"土味情话"。

有一次他和夏川一起吃完饭，把她送到宿舍楼下时，眼睛居然直愣愣地看着她，活脱脱像是一个被荷尔蒙主宰了身体的青年。

夏川有点害羞，低下了头。

有人在放《世间美好与你环环相扣》这首歌，其中有这么一句歌词：此时已莺飞草长，爱的人正在路上，我知他风雨兼程，途经日暮不赏……

雾，如爱情，
在山峰的心上嬉戏，绽放出种种美丽的惊喜。——《飞鸟集》

少年的肩与女孩的眼

我们说，少年的肩应该担起草长莺飞和清风明月，女孩的眼应该藏下星辰大海和万丈光芒。

夏川给Ａ打电话，她说有一次她去外婆家时，看到有人在楼道里写了一行字，"太阳能维修"，然后下面跟着一串电话号码。当她第二次去的时候，发现有人在"太阳能维修"后面加了五个字"月亮可更换"。当她第三次去的时候，发现又有人在后面加了一行字"星星不闪包退换"。这样，整句话连起来就变成了：太阳能维修，月亮可更换，星星不闪包退换！

夏川一边打电话，一边咯咯地笑，她说她觉得这句话真的好可爱啊，可爱到整个世界森林里的老虎全部都融化成黄油。

电话的另一边，Ａ一边听着夏川的声音，一边盯着夏川发在社交平台上的照片，双眸粲粲如星。也许吧，情人眼里出滤镜，至少

在这一刻，他认为她的的确确就是这个世界上最美好的女生。

"最最喜欢你，夏川!"

"什么程度?"

"就像喜欢夏天的橘子汽水。"

杭州的夏天万里无云天很清，爱你的事情说了千遍有回音。

世界的需求使生命富裕起来，爱情的需求使之价值连城。——《飞鸟集》

爱情的逻辑

爱情和心灵，都有它奇怪的逻辑啊。

我们说世界上有三种东西是藏不住的：喷嚏、贫穷和喜欢你的眼神。

在校园里，每次看到夏川时，A的眼睛里就像是装满了星星，一闪一闪的，真当是"海底月是天上月，眼前人是心上人"。

夏川曾经问A："我究竟哪里好？"

A笑笑，不说话，亮亮的眼睛直望进她的眼底。薄荷味的空气中，仿佛有一个声音在飘扬：你的眼睛真好看，里面有晴雨、日月、山川、江河、云雾、花鸟；但我的眼睛更好看，因为我的眼里有你。

　　暑假在家时，夏川的妈妈一眼就看出自己的女儿谈恋爱了。因为她就连吃饭时，也是魂不守舍的，只要手机一有动静，就要先打开看一下。她的妈妈见状，也是突发奇想，夹了一块红烧肉给夏川，说："女儿啊，恋爱可以慢慢谈，肉要趁热吃。"

　　妈妈毕竟是过来人啊，恋爱的酸臭味，她还是能体会到的。

　　绿叶恋爱时便成了花朵。
　　花儿仰慕时便成了果实。——《飞鸟集》

好好谈一场恋爱吧

我以夏天的名义穿上短裙，也替月亮夺走你的心事。

K身边的朋友基本上都已经过了三十岁了。他说他问过他们当中许许多多的人，大家一致表示，直到现在为止，他们人生当中最珍贵的记忆，一个是赚到了第一桶金的时候，还有一个就是以前谈恋爱的时候。

在你恋爱的时候，你既想戴上最美的面具，又想卸下所有的伪装。有人说，真正的爱情，背后没有秘密。我们说，说这话的人，既不明白爱情，也不明白秘密。

在你表白的那一刻，你会把最柔软的心掏出来给对方看，把自己最大的勇气和魄力倾注在"你会喜欢我吗"这件事情上。

你们在恋爱后，有很长一段时间，眼里全部都是对方，就像书里说的：爱你的时候，错的也是对的；爱你的时候，只有我愿意，没有不可以。

法国作家杜拉斯曾经说过这样一句话：爱之于我，不是肌肤之亲，不是一蔬一饭。它是一种不死的欲望，是疲惫生活中的英雄梦想。

回忆过往，回忆起青涩的校园时光，K身边这些三十多岁的职场人士无不感慨：趁着年轻，好好谈一场恋爱吧，哪怕最后就是失恋了，也无所谓，反正你们还年轻。

生命因为付出过爱情而更为丰裕。——《飞鸟集》

暗恋这件小事

这世上有人不吃榴莲，有人不喝牛奶，就有人不谈恋爱。

佳奈曾说，某些东西，明明知道没有意义，但依然很在意，谁都会有这样的东西。

K笑笑不答，他知道她这是在惦记她的暗恋对象。抗住了柴米油盐的麻烦，抗住了朋友聚会的调侃，抗住了世俗生活的刁难，却抗不住对他的喜欢。

你的名字，我的心事，可能是每个人都有过的吧。有人说，每个人一辈子都会遇到三个人：一个你爱的但不爱你的，一个爱你的但你不爱的，还有一个爱你的你也爱他的。

我愿化身石桥，受五百年风吹，五百年日晒，五百年雨淋，但求此少女从桥上走过。

广袤的沙漠，狂热追求一叶绿草的爱，
但她笑着摇摇头，飞走了。——《飞鸟集》

失恋阵线联盟

有人说，爱情这个东西，映照的是人的可怜。

任何一个失恋过的男生都知道，人在失恋了的时候，真的是几乎有如丧家之犬。在很长一段时间里，你的脑海中全部都是对方，你会想起你们走过的路，淋过的雨，吵过的架，玩过的游戏。有时候听歌，都感觉自己快要哭了——爱过的人都明白，一句歌词就能诛心。"爱情最折磨的不是别离，而是感动的回忆，让人很容易站在原地，以为还回得去。"

曾经你向所有人炫耀他/她，现在他/她却成为你的禁忌。作为一位女生，也许你的闺密会奉劝你："心动了你要勇敢去爱，缘尽后你也要潇洒离开。"作为一位男生，也许和你一起打篮球的小伙伴会调侃："你已经是二十几岁的人了，你应该学会吃喝，而不是吃爱情的苦。"

但是那时的你，什么都听不进去，只想化身为一条固执的鱼，逆着洋流独自向上游。

感情啊，有多伟大就有多卑微！

后来才知道，最令人难过的天气，其实是晴空万里。不过对于年轻人而言，这未必不是一段珍贵的记忆。毕竟，一段好的恋情，使人痛苦，使人深刻，使人变好。

有人说所谓爱情，是由大脑中的多巴胺、苯乙胺和后叶催产素激发出来的，这三种化学物质分泌的平均时长是十八个月。也许吧！

"爱情会失去"这句话，是我们无法当作真理来接纳的一个事实。——《飞鸟集》

爱情与婚姻

什么是婚姻？就是在一起说很多很多废话，就是在一起吃很多顿饭。

朋友们曾经捉弄佳奈："都快三十岁了，还挑挑拣拣，你要做一辈子'孤家寡人'吗？"佳奈灵机一动，粲然一笑，说道："结婚前必须高标准严要求，结婚后要睁只眼闭只眼。"

这让K想起了一句话，希望你们所买的每一件物品，都是因为喜欢，而不是因为便宜。同样，希望你们结婚，都是因为爱情，而不是凑合。

我们说幸福的婚姻，他们的婚纱照后面有一扇门，打开这扇门，能去任意你想去的地方。

我把心之钵轻轻浸入这沉默的时刻中，它盛满了爱。——《飞鸟集》

五

贩卖人间黄昏

最浪漫的事

　　有人说，人的一生看起来很长，实际上每一年都过得飞快。如果能够在最美好的年华里谈一场幼稚的恋爱，其实也未尝不是一件浪漫的事情。

　　人在不同年龄，有不同的事情要做。

　　佳奈的爷爷已经八十岁了。有一次，××银行在西湖边的一家五星级酒店举办了一场VIP客户答谢会。当时，佳奈的爷爷就拍了一张照片发到朋友圈，但见在一幅巨大的广告墙上，红底黑字写着五个硕大的字"财富与人生"。她的爷爷留言道：我这个年纪的人了，还谈什么财富？还谈什么人生？

　　是啊，对他而言，平时能够多吃一碗饭就很好了。

让死者有不朽的声名，
而让生者有不朽的爱恋。——《飞鸟集》

纯真的心

　　某次席间，不知怎么，大家就聊到了人的性格。最后得出一个结论：在这个世界上，有些人的性格就像太阳，有些人的性格就像月亮。随后有人问一个小朋友："你喜欢太阳还是月亮？"小朋友站在原地纠结了好久，然后仰着头若有所思地说："我喜欢太阳，因为它光芒万丈。"

　　大人总以为小孩子什么都不懂，却不知道一颗剔透琉璃心最能映射复杂人心。真真假假，年纪大了容易迷了眼，做小孩子时，反而看得再真切不过。

　　我曾登上高峰，发现在名誉黯淡贫瘠的高处，没有一处庇护之地。

　　我的引导者啊，在光明逝去之前，引我到宁静的山谷里去吧。在那里，生命的收获会成熟为黄金的智慧。——《飞鸟集》

暗淡蓝点

1990 年 2 月 14 日的时候，"旅行者 1 号"探测器在太阳系的边缘拍摄了一张照片，这张照片是从距离地球 64 亿千米之外拍摄的。在照片上有一束光，在这束光的中间有一个小亮点——就是我们的地球。美国国家航空航天局把这张照片命名为《暗淡蓝点》。

有一次，Y 把这张照片的高清版发给 K。从照片上可以看到，在 64 亿千米之外看，地球就像是一粒尘埃。我们人类所有的历史文化、发明创造，你认识的每一个人、听说过的每一个人、曾经有过的每一个人，都在这粒尘埃上面度过了他们的一生。

有时候，不得不佩服 Y 对星空的喜欢。你要是让他躺在屋顶，他可以看一个晚上，看一个夏天。

K 曾经跟他老婆提起此事。他老婆说，很有可能，当年 Y 的妈妈就非常喜欢星空。所以在她年轻的时候，有了儿子后，她会常常带着自己的儿子，躺在院子里看浩瀚的星空。

让我设想一下，繁星中有一颗星，

引导我的生命去穿越那未知的黑暗。——《飞鸟集》

向年轻人致敬

每个人的人生发轫之初可能都是单调的、乏味的、默默无闻的。毕竟那个时候你也还年轻，可能有着满腔的热血，可能对这个世界充满了想法，但是你除了一个好身体，除了一颗不甘寂寞的心，什么东西都没有。

在这个过程中，你需要表现出强大的耐心，就像一只食肉动物趴在草丛里等待猎物时的样子。

不要轻言放弃，时间过得很快的。

让我们向这群伟大的年轻人致敬，正是因为你们的不懈奋斗，一茬接着一茬干，一棒接着一棒跑，我们的社会主义现代化建设才会如火如荼，我们的国家才会长盛不衰。中华民族的伟大复兴离不开你们每一个人，你们是历史的参与者。

尽管走过去，不必为了采集花朵而徘徊，

因为美丽的花儿会一路开放。——《飞鸟集》

简简单单吃点饭

有一次 K 去杭州东站接同学，同学说："K，你怎么还开这个车啊，就不能跟 Y 一样，简简单单买辆××来开开吗？我看你平时朋友圈夸得老厉害了。"

K 浅浅一笑，重复了一下同学说的话："就不能简简单单买辆宾利？你这个话让我想起了刚才在等你时，刷到的段子：只要能和你在一起，无论住多大的别墅，我都愿意；哪怕纸醉金迷，哪怕坐着豪车，就算每天吃着山珍海味，也在所不惜，我要的就是这样简简单单的生活。"

K："这样吧，我买 400 万元的豪车，就差 4 万元了，你先转我 4 万元好不好？"

同学："肚子饿了，肚子饿了！我来看下网上有没哪个餐厅有折扣，我们简简单单吃点饭吧。"

　　我拥有天上的繁星，但是，唉，我屋里的小灯却没有亮。——《飞鸟集》

功利是把双刃剑

有人穷极一生都在追求功名利禄。

但是，事实上，功利是非常伤人的。德国哲学家尼采说过这么一句话：有功者的狂妄比无功者的狂妄更伤人，因为功绩本身就伤人。

L曾经说："做企业的，心要善良，心不善的人是走不长远的，也不会交到什么朋友。"同样，现在K认为，一位好的作家，首先要有同理心和同情心。

爆竹啊，你对繁星的侮辱，又跟着你自己回到了地面。——《飞鸟集》

不要靠近免费的东西

人间烟火气，最抚凡人心。

有一次，医生去一个旅游城市参加学术交流会。晚上逛夜市时，买了一幅画。回到酒店后，医生和K视频，让他猜多少钱。

K："多少钱?"

医生："店家要价可是1万元呢!"

K："你买来多少?"

医生："200元。"

K说，这让他想起了某社交平台上那些摆地摊卖古董的大爷。

"大爷，这个夜壶多少钱啊？"

"18万7000元。当年皇帝用过的。"

"太贵了！"小伙子推着自行车，准备走人了。

"小伙子，喜欢可以讲个价嘛。买卖嘛，我说我的价，你讲你的价。"

"大爷，那我要是说出来的话，你可别打我呀！"

"没事，小伙子，你放心大胆地讲。"

但见小伙子迟疑了下，说："20块？"

大爷决绝地说："卖！你敢讲我就敢卖——成交。"

光明游玩于绿叶丛中，好似一个赤裸的孩子，不知道人是可以撒谎的。——《飞鸟集》

·· 要管日月如飞

光阴如露，日影如飞。

有时我们现在之所以能够无忧无虑地生活，哪管日月如飞，是基于一种"默认"——默认自己和父母永远都不会老去。因为自己觉得，这些都是遥不可及的事情。

事实上，时间过得飞快。对于浩瀚的宇宙而言，时间是无穷无尽的，但是对你而言，你的一生，稍纵即逝。所以并不是时间不够，只是属于你的时间，所剩无几。K 说他现在已经过了三十岁了，有时候回头看看，三十年的光阴也只是一瞬间。如果这个世界上有什么东西可以让他回到青春年少，估计他会死死地攥住它不松手——你就是把他烧成灰烬，他都不会松手。

生命是上天赋予的，我们唯有献出生命，才能真正得到它。——《飞鸟集》

行善而被诋毁

权臣鲜有善终，帝王难得天年。

有人说，人一旦拥有权力，就丧失了当初争取权力所仰赖的部分心智。

关于权力，在电影《辛德勒的名单》中，辛德勒在跟阿莫见面时，说出了这样一段话："如果一个人是因为犯了重罪遭到惩罚，那是他罪有应得。如果我们把他处死，那是一件令人开心的事，或者我们直接亲手杀了他，那更是大快人心。但是这并不是权力，这是制裁，跟权力完全是两回事。所谓的权力是当我们有绝对的理由去杀生，但我们却不这么做。"他跟这位滥杀无辜的纳粹党卫军司令官举了一个例子："这是古代帝王的风范：一个人犯了偷窃罪，他被带到帝王面前。他扑倒在地，恳求帝王饶他一命，他知道他的小命不保。结果帝王饶恕了他，他饶恕了一个微不足道的人。那才是权力。"

　　权臣鲜有善终，帝王难得天年。也许很多人，终其一生都在追求权力，殊不知拥有权力最多的人反倒是被操控被束缚最深的人。

　　在古罗马皇帝马可·奥勒留执政时，整个罗马帝国的边疆战乱不断。他在戎马一生中写出了《沉思录》，书中有这样一句话：行

善而被诋毁，是帝王的命运。

如海鸥与波涛相遇一般，我们邂逅了，靠近了。

海鸥飞散，波涛滚滚而逝，我们也分别了。——《飞鸟集》

人生两面

有一条路，不论是春夏还是秋冬，不论是白天还是黑夜，永远都是车水马龙。

××医院就坐落在这条路上。用K的话说，真的是除了大年初一，一年当中的其他任何一天，不论是刮台风，还是下暴雨，每天早晨5点半，就有人开车在门口排起了长队。

有一段时间，医院在整体翻新。有一次，医生回到家后，跟K说，他们在讨论要不要给太平间也好好翻修一下，最后众人一致表示："要的呀，这个地方最后我们自己都要用的呀！"

何谓出生？何谓死亡？

在离这个医院1千米的地方，就是一家妇产科医院。你可以想象，那里估计每天都是欢声和笑语。

这以繁星为其火花的隐形火焰，究竟是什么？

是生如夏花之绚烂，死如秋叶之静美。——《飞鸟集》

望君奋勇向前

1932年，"中国奥运第一人"刘长春，漂洋过海20多天来到美国洛杉矶，参加第10届夏季奥林匹克运动会。当时的报纸是这样写的：我中华健儿，此次单刀赴会，万里关山，此刻国运艰难，望君奋勇向前，愿来日我等后辈远离这般苦难！比赛结束后，他却没有路费回国。后来在当地华侨的捐助下，他回到了中国。

2021年7月23日，第32届夏季奥林匹克运动会在东京开幕。

任何一个能够去参加奥运会的运动员，都需要经过长期的刻苦训练。这个过程是非常辛苦的，而且又是如此漫长，有时候让人感觉仿佛看不到尽头。

在这些运动员参加比赛的那一天，他们的长辈，特别是爷爷奶奶，可能一天到晚就守在电视机前面，目不转睛地盯着荧幕，等待着自己的宝贝们上场。

　　90年过去了，在2021年东京奥运会上，中国体育代表团最终以38金、32银、18铜，共计88枚奖牌位列奖牌榜第二位。鲜艳的五星红旗一次又一次地飘扬在奥运场馆的上空，嘹亮的《义勇军进行曲》响彻云霄。

　　这些零碎的思想，是树叶沙沙之声；它们在我的心里，欢快地低语着。——《飞鸟集》第17首

人生没有如果

在一个访谈节目中，主持人向一位成功人士提问，问他当年卖掉××网络公司的股份后悔了吗？这位嘉宾的回答直戳人心，他感叹道："不止一次地后悔过，而且那也是一次极大的教训。"

这回答真是既无奈又现实。

××网络公司的第一大股东在多年前花了3200万美元，从这位成功人士的手中收购了一定的股份。

从此以后，这家公司始终坚定持有××网络公司的股票：无论疾病还是健康，无论贫穷还是富有，或任何其他理由，都愿意爱她，照顾她，尊重她，接纳她，永远对她忠贞不渝……

到现在投资回报率直接翻了7800倍。所有人都说，这是人类投资史上最伟大、最成功的投资。

这才有了文章开头，节目主持人和那位成功人士的这番对话。网友都说，那位成功人士当年如果不把那笔股票卖掉，那他这辈子赚到的钱早超越他爸爸了。可是人生没有如果呀！

K有时候也是直感慨，任何一个孩子，都有一种原生的"焦虑"：在他短暂的一生当中，他能否超越自己的父亲？

医生："K，你快醒醒吧，这个事情岂是你操心的。我已经拖好地了，你也赶紧洗碗呗！"

创造的神秘，有如夜的黑暗——它是伟大的，
而知识的幻影却如清晨之雾。——《飞鸟集》

善恶的彼岸

Y 说："生活应当是五光十色还是平平淡淡，这个话不应当由你来说。

"应当让你的孩子来说。他（她）现在可能还小，稀里糊涂的，什么也不知道。有一天到了青春期，你就知道了，他会非常骄傲地跟身边的人说起自己的爸爸妈妈。

"你们都还年轻，为什么要这样子呢？

"也许有一天，当这个孩子长成大人后，回首往事，他会觉得这些话很幼稚。但是在他刚刚抵达青春期时，他一定会说出这段话的，你看着好了。"

Y 接着说道："我始终觉得一个孩子，在他青春期时的想法是最绚烂的，这可能与人体在这个阶段分泌的激素有关。"

尼采在《善恶的彼岸》中说过："不不不！什么是善，什么是恶，这个价值观应当由我来传递，我来告诉你应当怎么操作。"

这世界是被优美的音乐驯服了的狂风暴雨的世界。——《飞鸟集》

到了那一天

曾经有朋友给Y推荐各种保险、各种养生之道。但见Y听了后，双手乱摇："你让我感觉你对死亡充满了恐惧，你会到了77岁，已经躺在病床上，气若游丝了，还在说'不不不，我还有一口气呢，我要再活一年，一个月，或者哪怕只是一天'。"

你会不会说："我对人世间充满了留恋，我喜欢这里的森林、草地、荒漠、湿地、海洋，我爱大自然，我喜欢这里的一草一木。"

你会不会说："你们还有什么压箱底的药，全部都给我上，我还想在人世间多逗留一会儿呢。我想感受一下白天与黑夜的区别，我想看看太阳，看看月亮，看看星辰大海；我想感受一下风、雨、雷、电；我想再真真切切地体会一把四季的变迁。"

此刻，仿佛有一个声音在窃窃私语："不了，兄弟，这些话你不应该在这个时候说，应该在你年轻的时候说。我觉得这个时候的你，应该了无牵挂了。'命运'让我带话给你，你在尘世间的岁月已经所剩无几，带上你的行囊，我们上路吧。"

K曾经问医生，这个人啊，到了这个时候，再折腾折腾，还管不管用？医生的答复是："管用的。把你拉到ICU，推推肾上腺素之类的，总之，再操作一把呗。现在的医疗水平不差的，可能你自己已经什么感觉都没有了，但是依然可以让你的心脏继续跳动。当然，费用也很高，一天几万块钱的样子。然后，这个时候你会发现医药公司恨不得专门派个人和你的家属进行对接，只要你们愿意，上天入地，什么药都给你找出来。"

Y曾经大言不惭，说人生要是有幸能够活到7岁，他就可以额手称庆了，因为他觉得毕竟这个时候就是多活5年、10年，也不是二三十岁的5年、10年。

佳奈听了后，说："算了，算了，我活到50岁就够了。"

众人大笑："那你厉害了，你的人生已经过了五分之三了，你到时候不要恋恋不舍。"

夜吻着逝去的日子，

在他耳旁低语着："我是死亡，是你的母亲。我来赋予你新生。"——《飞鸟集》

一场伟大的冒险

要大笑，要做梦，要与众不同。人生是一场伟大的冒险。

K 曾经参加过一个中小企业主的论坛，上台演讲的都是一些移动互联网行业的创业者。他们当中有 40 多岁的男子，也有 20 多岁的小姑娘。但是同样的一段话，从一个 40 岁的人口中说出和从一个 20 多岁的小姑娘嘴里说出，效果是截然不同的。

小姑娘说自己非常紧张，说这是第一次在公开场合，当着这么多人的面演讲。她说自己在大学里面的时候就开始拍摄、制作短视频了，后来毕业后拥有了自己的工作室，再后来开了一家移动互联网公司。

她在上面讲，前面是各路媒体的摄像机，坐在摄像机后面的就是她的家人、小伙伴——不停地给她打气。

　　可以看出，小姑娘的确有些紧张，说到最后声音都有些发抖了。也许她讲得不是最好的，但是毫无疑问，她收到的掌声是最热烈的。

六

叶隙间散落的光

弓与箭

知识是弓，创作是箭。关于写作，K曾经和佳奈有过讨论。

K："快感，我追求的是一种阅读的快感。就像你们花钱去电影院看电影，去游乐场玩过山车，寻求的不就是一种快感，一种刺激吗？"

佳奈："可是这个世界上好的书籍多了去了，有如午夜繁星。你去书店看看，你去网上看看，一堆一堆的。你随便一搜'世界名著'，不都是吗？"

K："可是我总觉得这些书不一样。首先它们大都是国外的，中间经过了翻译，多少有些变味，多少存在'信息的衰减'。就像你跟我说，你非常喜欢泰戈尔的《飞鸟集》。你是否知道？这本诗集，作者当初是用孟加拉文写的，后来翻译成了英文，到了我们这里，再从英文翻译成中文。经过这么一番折腾，且不说别的，光诗歌的韵律感就和原文差远了。"

K接着又说道："其次，你说的这些优秀的小说都是其他时代的。它们都有各自的时代背景和意识形态，就像我们看二十年前的电影和今年新上映的电影，感觉肯定不一样。"

佳奈用她那双明亮而清澈的眼睛，看了一下K，然后哈哈大笑："K，你就差说出你的书才是最棒的。"

K顾左右而言他。

世界上一队小小的流浪者啊，在我的字里行间留下你们的足迹吧！——《飞鸟集》

永恒之塔

"我觉得，夏天的风永远不会停下。"

K说他始终认为好的文学作品应该是诚恳的，经久不衰的。

如果你想在当下体验到快乐，可能会爱慕女人，会去追求性的愉悦。如果你想在10年、20年里得到某种社会认同，可能会去经商，试着留一笔财富给自己的孩子。

如果说有什么东西可以穿越漫长的时光，100年、200年，留下痕迹的话，那么好的文学作品未尝不是一种方式。

我们说好的文学作品，它可以穿越历史的长河，熠熠生辉。它体现出来的是人性的尊严，传递出来的是人与人之间的尊重。

杯中的水熠熠生辉；而海中的水却漆黑无边。

渺小的真理可以用文字讲明白，而伟大的真理却保持沉默。——《飞鸟集》

钢琴师与拳击手

朋友说："K，你的书充斥着物欲。"

K："你知道吗，我从小在中国东部沿海的一个小镇长大。在我成长的过程中，有幸目睹了一个城市，或者说一个国家，从贫穷走向了繁荣昌盛。

"我身边的这些亲戚、同学、朋友，他们一天到晚都在想着怎么怎么赚钱。就连家里种田的都恨不得搞个果园，然后在社交平台发发照片，带带货。

"我每天在杭州开车时，都可以看到高楼林立，街道繁忙，以及各种创业活动在如火如荼地展开。"

我们说，一篇好的文章，它的文字既有钢琴师的优雅，又充满拳击手的冲击力。

在日子的尾梢，当我站在您面前时，

您将看见我的伤痕，明白我的许多创伤都已愈合。——《飞鸟集》

敢于做梦

中国的经济正在迅速腾飞，杭州更是如此，尤其是在移动互联网领域，作为世界互联网之都，很多年轻人都在这个城市里赚到了他们人生当中的第一桶金。

当我在机场高速或者钱塘快速路开车时，可以看到到处都在开展基建项目，一幢幢摩天大楼拔地而起。在夜幕降临时，整个钱江新城和武林商圈，灯火辉煌。不论是白天还是黑夜，湖滨商圈永远都是人流如织。人们都说，这里将会成为下一个类似东京银座、巴黎香榭丽舍大街、纽约第五大道这样的地方。当我走在湖滨步行街时，目力所及，到处都是年轻的面孔，每天都有网红在这里拍视频、开直播，这是一个充满活力的城市。

包括来高校办理入学手续的大学生已经全部都是"00后"的孩子了，他们年轻、自信、充满活力。毫无疑问，这些孩子在成长的过程中，接受的是教育也上了一个新台阶。很快，他们也要长成大人了。

　　欢迎所有的大学生，所有敢于做梦的年轻人来这里就业，杭州欢迎你！

再见啦

山有顶峰，海有彼岸，长路漫漫，终有回转。

"再见啦，我亲爱的读者朋友们！"

我想说，自己成功地完成了Y交给我的嘱托。在此，也特别提一下，Y在××国海关那边的货，历经磨难，终于通行了。

最后，祝伟大祖国繁荣昌盛，四海升平。